www.tredition.de

AF197875

Petra-Alexa Prantl

Die blaue Stunde

mit

Marc Aurel

www.tredition.de

Coverentwurf   Petra-Alexa Prantl
Lektorat   Sylvia Bernhard-Kasanmascheff
Fotos   Pixabay

Verlag & Druck: tredition GmbH, Halenreie 40-44, 22359 Hamburg

ISBN
Paperback   978-3-7497-8899-6
Hardcover   978-3-7497-8900-9
e-Book   978-3-7497-8901-6

Petra-Alexa Prantl

Die blaue Stunde

mit

Marc Aurel

Petra-Alexa Prantl wurde 1953 in Nürnberg geboren. Sie studierte Pädagogik an der Universität Erlangen-Nürnberg. Nach der Familienphase arbeitete sie als Lehrerin und unterrichtete vorwiegend romanische Sprachen. Neben ihrer Vorliebe für die Natur, für Musik, Philosophie und Sprachen führte ihre Reiselust sie in viele Teile der Erde, unter anderem in den Grand Canyon, nach Grönland und Neuseeland.

Unser Leben ist das, wozu unser Denken es macht. (Marc Aurel)

Gewidmet

Frau Dr. Angela Merkel,

die Hervorragendes

in ihrem Leben geleistet hat

und sich selbst immer

treu geblieben ist.

Inhaltsverzeichnis

Vorwort

Im 2. Jahrhundert n. Chr. wird Platons Wunsch Wirklichkeit: Ein Philosoph besteigt den Kaiserthron. Selten gab es in der Weltgeschichte einen Philosophenkaiser, dem so viel Wertschätzung entgegengebracht wurde wie Marc Aurel. Marc Aurel regierte in einer politisch schwierigen, konflikthaften Epoche. Innere Krisen, Pest und Grenzkriege erschütterten weite Teile des Imperiums. Angesichts der Unvereinbarkeit zwischen notwendigem politischen Handeln und Marc Aurels philosophischen Lebensgrundsätzen lässt sich die innere Belastung für ihn nur erahnen. Immer wieder reflektiert er die Grenzen des eigenen Vermögens: „Ist meine Denkfähigkeit damit überfordert oder nicht? Wenn sie ausreicht, gebrauche ich sie als Werkzeug, das mir von der Natur des Weltganzen gegeben wurde, zur Erfüllung meiner Aufgabe." (vgl. Selbstbetrachtungen, 2019) Unbedingtes Pflichtbewusstsein hielt ihn in allen Krisen aufrecht. Marc Aurels Haltung - Bescheidenheit, Pflichterfüllung, Vernunftdenken, Menschlichkeit, Besonnenheit – das sind ethische Werte, die Parallelen zum Charakter unserer Bundeskanzlerin Angela Merkel haben. Auch sie regiert mit Festigkeit, Besonnenheit, Vernunft und Menschlichkeit.

Ich wünsche Ihnen viel Freude und Bereicherung in der blauen Stunde mit Marc Aurel !

Petra-Alexa Prantl

Marc Aurels Leben (Kurzfassung)

Caesar Marcus Aurelius Antonius Augustus wurde als Sohn einer reichen Senatorenfamilie am 26. April 121 n. Chr. in Rom geboren. Er begann sich schon im Alter von 12 Jahren für stoische Philosophie zu interessieren. Als Adoptivsohn von Antonius Pius wurde Marc Aurel im Jahr 161 römischer Kaiser. Obwohl er nach dem Vorbild seines Großvaters versuchte, soviel Gutes zu tun wie möglich, war er gezwungen das Reich in ständigen Kriegen vor dem Zusammenbruch zu bewahren.

Als Philosoph war er friedvoll, als Kaiser verbesserte er die Rechtsstellung von Schwachen und Benachteiligten in der römischen Gesellschaft. In seinen letzten Lebensjahren schrieb Marc Aurel seine „Selbstbetrachtungen". Das Werk zählt zur Weltliteratur.

Auf einem Feldzug gegen einfallende Barbaren starb Marc Aurel im Jahr 180 n. Chr. in Wien an der Pest.

Marc Aurel

Marc Aurels Persönlichkeit

Kaiser und Philosoph

An der Grenze der Macht und in der Freiheit des Geistes fand Marc Aurel sich nur schweren Herzens mit der Rolle als Heeresführer ab. Er hätte sich lieber mit Philosophie und Literatur beschäftigt und wäre lieber seinen schriftstellerischen Neigungen nachgegangen, doch schon in jungen Jahren wurden ihm, verbunden mit großer Verantwortung für das Imperium Romanum, viele Aufgaben übertragen

Ausgestattet mit einem Charakter, der nach so viel Gutem wie möglich suchte, hatte Marc Aurel das starke Bedürfnis, „sein Gewissen bis ins Tiefste zu erforschen" (vgl. Monti, E., 2000) und sich seinen Mitmenschen gegenüber nach dem Ideal des Guten zu verhalten. Aus dieser Sicht ist sein Werk als Moralkodex für menschliches Verhalten „fast ein Zwang zu einer Läuterung" (vgl. Monti E., 2000), durch die der Mensch nach der Befreiung von den Bedürfnissen seiner irdischen Existenz die Chance hat, sich geistig auf eine höhere Ebene zu begeben und universale Harmonie zu finden." (vgl. Mont E., 2000)

Getreu seiner Überzeugung, dass ein Mensch Würde habe und nicht eine Maschine oder Sache sei, ließ Marc Aurel sich in seiner Gesetzgebung vom Geist der Menschlichkeit leiten: er machte die Menschen ethisch frei und verbesserte die Rechte für Sklaven und Sklavinnen erheblich.

In der alltäglichen Realität als Kaiser genügte es bei weitem nicht Philosophie zu betreiben. In der römischen Gesellschaft herrschten zu dieser Zeit bestimmte Lebensformen und lockere Moralvorstellungen, die auch die Philosophie eines Marc Aurel nicht ändern konnte. Er sah sich gezwungen „die Philosophie an der realen und tragischen Wirklichkeit zu messen" (vgl. Monti E.,20002) als innenpolitische Kämpfe das Reich erschütterten und er in Gewaltmärschen die Grenzen seines Weltreiches verteidigen musste.

Marc Aurels empfindsames Naturell war hin- und hergerissen zwischen abstrakter Philosophie, seiner ihm angeborenen Güte und politisch erforderlichem Handeln. Da ihn diese Diskrepanz seelisch und nervlich zermürbte, griff er zur Schmerzlinderung seines Magengeschwürs oft zu Theriak, einem opiumhaltigen Kräuteraufguss. Große Enttäuschungen (Schandtaten seines Zwillingsbruders Lucius Verus) und nervliche Belastungen hinterließen Spuren bei Marc Aurel, dem Kaiser aus Pflicht.

Achtung und Gerechtigkeit, Rechtschaffenheit, die Beziehung zum Mitmenschen waren tragende Säulen in Marc Aurels Theoriegebäude, das er bröckeln sah. Er spürte den Widerspruch zwischen abstrakten Formulierungen *Epiktets* und den Zwängen der Wirklichkeit. Leben und Tod sind nach Marc Aurels Überzeugung einem einzigen Naturprinzip untergeordnet, das von der Allmacht desjenigen geleitet wird, dem auch Ordnung und Harmonie des Weltalls zu verdanken sind. In inneren Kämpfen seiner Person versuchte Marc Aurel diese

Prinzipien als Philosoph und Kaiser in die Praxis umzusetzen.

„Marc Aurel mag ein Ideologe, ein Künstler des Gedankens, ein Philosoph, ein Weiser, ein Träumer oder vielleicht von jedem etwas oder all dies zusammen gewesen sein. Das ist schwer zu sagen. Eines aber ist gewiss, dass gerade von solchen Menschlichkeit ausstrahlenden Träumern unsere Kultur und Geschichte zu allen Zeiten nachhaltig beeinflusst worden ist." (vgl. Monti E.,2000)

Die Stoa

„Als Stoa (griech. Στοά) wird eines der wirkungsmächtigsten philosophischen Lehrgebäude in der abendländischen Geschichte bezeichnet. Tatsächlich geht der Name [...] (stoa poikile „bemalte Vorhalle") auf eine Säulenhalle auf der Agora, dem Marktplatz von Athen, zurück, in der *Zenon von Kition* um 300 v. Chr. seine Lehrtätigkeit aufnahm.

Ein besonderes Merkmal der stoischen Philosophie ist die kosmologische, auf Ganzheitlichkeit der Welterfassung gerichtete Betrachtungsweise, aus der sich ein in allen Naturerscheinungen und natürlichen Zusammenhängen waltendes universelles Prinzip ergibt.

Für den Stoiker als Individuum gilt es, seinen Platz in dieser Ordnung zu erkennen und auszufüllen, indem er durch die Einübung emotionaler Selbstbeherrschung sein Los zu akzeptieren lernt und mit Hilfe von Gelassenheit und Seelenruhe zur Weisheit strebt" (vgl. Selbstbetrachtungen, 2019).

Die einprägsamste Kurzformel für das stoische Weltbild hat - wie in manch anderer Hinsicht noch – Kaiser *Marc Aurel* als letzter der überlieferten bedeutenden Stoiker hinterlassen (Selbstbetrachtungen VII, 9):

„Alles ist wie ein heiliges Band

miteinander verflochten.

Nahezu nichts ist sich fremd.

Alles Geschaffene

ist einander beigeordnet

und zielt auf die Harmonie derselben Welt.

Aus allem zusammengesetzt

ist eine Welt vorhanden,

ein Gott, alles durchdringend,

ein Körperstoff, ein Gesetz,

eine Vernunft,

allen vernünftigen Wesen gemein,

so wie es auch eine Vollkommenheit für all

diese verwandten, derselben Vernunft

teilhaftigen Wesen gibt."

(Selbstbetrachtungen, 2019)

Ethik

Bemüht sich der Mensch ein Leben lang um Selbstformung, indem er den Herausforderungen des Schicksals und des mitmenschlichen Umfeldes standhält, hat er Aussicht auf die Seelenruhe (ataraxia) des stoisch Weisen. Selbstgenügsamkeit (Autarkie), Unerschütterlichkeit (Ataraxie) und Freiheit von Leidenschaften (Apathie) setzt ausgeprägte Affektkontrolle voraus. Der heutige Begriff „stoische Ruhe" geht auf jene Wesensmerkmale zurück.

Alles Seiende hat den Ursrpung im Urfeuer, dem *Aither*, während die göttliche Vernunft *(Logos)* allen Stoff *(Hyle)* beseelt. Gleichermaßen materialistisch wie pantheistisch erscheint die stoische Lehre: „Das göttliche Prinzip durchwirkt den Kosmos in allen seinen Bestandteilen und ist (nur) in ihnen anzutreffen" (vgl. Selbstbetrachtungen, 2019). Die Ethik der Stoa versteht den Menschen als Vernunftwesen, das zur Einsicht fähig ist. Anhand der Erscheinungen der Natur kann er göttliche Gesetzmäßigkeiten erkennen und sein Handeln danach richten.

Marc Aurel ging bei den Vorsokratikern, *Platon* und *Aristoteles*, in die Schule. Doch es war die Stoa, die sein Leben und Denken am stärksten beeinflusste. Neben *Epiktet* zählt Marc Aurel zu den Hauptvertretern der späten Stoa, in deren Mittelpunkt Lebensbewältigung und moralische Fragen und stehen.

Marc Aurels Selbstbetrachtungen

1. Das literarische Werk Marc Aurels

Entstehung und Gehalt

Die *Selbstbetrachtungen*, die Marc Aurel in seinen letzten zehn Lebensjahren schrieb, sind ein authentisches und sehr persönliches Tagebuch eines politischen Philosophen. Marc Aurel schrieb es in Feldlagern am Rande römischer Zivilisation, während er den Kampf gegen den Untergang des Imperium Romanum führte. Bis in unsere Gegenwart hat das Werk nicht an Wertschätzung und nicht an Vorbildfunktion verloren.

In ehrlichem Denken richtete Aurel seine Aufzeichnungen offensichtlich an sich selbst, eine Veröffentlichung war nicht vorgesehen. Es gilt als sehr wahrscheinlich, dass die Schriften von Mark Aurel ohne Titel waren. Das ursprünglich griechische Original (Τὰ εἰζ ἑαυτόν) wurde ins Lateinische mit *se ad ipsum* (an sich selbst) übersetzt oder mit *meditationes* geführt. Im Italienischen gibt es mehrere Titelbezeichnungen (*Colloqui con se stesso, Ricordi, Meditazioni, Pensieri),* im Französischen entstehen daraus *Pensées pour moi-même*, im Englischen werden es *meditations.* Das Deutsche wählt *Selbstbetrachtungen* oder *Wege zum Selbst / Wege zu sich selbst* als Titel für Marc Aurels Schriften.

In den *Selbstbetrachtungen* finden sich persönliche Leitsätze, moralische Aphorismen und Nachdenkliches eines Philosophenkaisers. Dankbarkeit für alles Gute,

Bescheidenheit, Selbstdisziplin, Festigkeit angesichts bestehenden Übels, Milde und Nächstenliebe sind Grundsätze Marc Aurels ethischer Haltung.

Aufbau und Stil

Während unbekannt ist, wer die Aufzeichnungen nach dem Tod von Marc Aurel 180 n. Chr. redigiert und herausgegeben hat, ist sicher, dass die Einteilung der Texte in zwölf Bücher vom Herausgeber vorgenommen wurde. Zwar erwähnt *Themistios* erstmalig um 350 die Bücher, doch bald verliert sich die Spur der Schriften wieder für mehr als 500 Jahre. Die von Marc Aurel in griechischer Sprache verfassten Texte wurden zuerst ins Lateinische übertragen, im 16. Jahrhundert erschien die englische Version und ab dem 17. Jahrhundert wurden die *Selbstbetrachtungen* in fast alle modernen Sprachen übersetzt.

Die zwölf Bücher weisen kaum inhaltliche Unterschiede oder erkennbare Gliederungen auf. Sie bestehen aus Notizen, zahlreichen kurzen Textabschnitten und oftmals aus Gedanken und Einzelsätzen. Die Aufzeichnungen richtet Marc Aurel wie Grundprinzipien an sich selbst, meist in der Du-Form oder als rhetorische Fragen. Manche Abschnitte sind kurz, andere umfassen einige Seiten lange Essays, in denen Marc Aurel Philosophen oder seine Lehrer zitiert und gerne Metaphern, Ironie oder Wortspiele verwendet.

2. Philosophie und Politik

Analog zur Medizin wurde die Philosophie seit ihren Anfängen als Heilkraft für die Seele verstanden. Für Mark Aurel ist sie persönlichkeitsbildend und wegweisend für seine Lebensausrichtung. Nach bestimmten philosophischen Grundsätzen zu leben, war wesentliches Element für die Stoiker. Im Mittelpunkt standen ethische Fragen und Aspekte sozialer Verantwortung, in erster Linie jedoch ging es um handlungsbezogene Ethik.

Diesem lebenslangen Balanceakt zwischen Philosophie und Politik sah sich Marc Aurel als Philosophenkaiser besonders ausgesetzt. Nach seinem persönlichen Grundsatz „verkaisere nicht!" schrieb er: „Hüte dich, dass du nicht ein tyrannischer Kaiser wirst! [...] Ringe danach, dass du der Mann bleibest, zu dem dich die Philosophie bilden wollte" (vgl. Hadot P., 1997). Man beachte die Formulierung! Er schreibt nicht „...dass du der Mann bleibest, zu dem dich die Philosophie *gebildet hat...*", sondern „... dass du der Mann bleibest, zu dem dich die Philosophie *bilden wollte...*" Er sieht sich selbst in einer nicht abgeschlossenen persönlichen Entwicklung und steht der Philosophie in anhaltender Selbstreflexion beinahe demütig gegenüber.

In dieser Doppelanforderung setzte ein persönliches Vorankommen die regelmäßige Prüfung im Selbstdialog voraus. Das Bestreben von Marc Aurel war es, die Lebensregeln seiner *Selbstbetrachtungen,* mithilfe derer er sich jederzeit in die rechte innere Einstellung versetzen konnte, zu jeder Zeit und unter allen Umständen zur Hand zu haben.

Marc Aurels Philosophie war von Ehrlichkeit und Einfachheit geprägt, optimistisch ohne Selbstbetrug und pessimistisch ohne Enttäuschung. Als philosophisch geleiteter Herrscher hatte er einen klaren Blick für die Realität und einen philosophischen Sinn für den nötigen Weitblick. Utopisches wollte er nicht erreichen. So hoffte er nicht auf *Platons Staat,* sondern sah selbst im kleinsten Fortschritt keine Kleinigkeit, wenn es darum ging die Prinzipien der Menschen zu verändern.

Für den Philosophenkaiser waren „die Grenzen zwischen irdischem Staat (dem römischen) und dem Weltstaat (Kosmos)" verwischt (vgl. Maier, B.,1984) „Wenn uns das Denkvermögen gemeinsam ist, […] haben wir Anteil am Staat; wenn ja, ist der Kosmos sozusagen ein Stadtstaat (4,4,1). In dieser obersten Stadt sind die übrigen Städte gleichsam Häuser (3,11,2) (vgl. Rosen K. 1997)

Vor diesem Hintergrund weltanschaulich-philosophischer Gedanken wird deutlich, dass über dem politischen Handeln Marc Aurels die Idee von der All-Natur, vom Kosmos als höchste Instanz steht, nach der er seine Handlungsweise reflektiert und ausrichtet.

Damit schließt sich der Kreis zur anfangs erwähnten *handlungsbezogenen Ethik* in der stoischen Philosophie.

3. All-Natur und Kosmos

Da jeder Mensch Teil der Natur, Teil des Ganzen ist, untersteht er auch dessen Gesetz und sollte dies zur Grundlage seines Handelns und Strebens werden lassen. Marc Aurels Philosophie fordert, sich nicht an fremden Leitbildern zu orientieren, sondern das zu verinnerlichen, wohin die Natur den Menschen lenkt – sowohl die Natur des Alls als auch seine eigene. Der Kosmos, die Natur als Lebewesen, das sich beständig wandelt, ist perfekt und unfehlbar. In ihn sollte sich der Mensch einfügen und sich an den Kostbarkeiten der Natur erfreuen. Angst vor Veränderung oder vor dem Tod ist nicht nötig, weil wir selbst Teil der ständigen Umwandlung der Natur – ohne die nichts geschehen kann – sind. *In einer Schöpfung, die im Einklang mit sich selbst ist, hat alles seinen Grund. So sei es auch angemessen, sein Schicksal zu lieben und anzunehmen wie es ist.* Das ist ein bemerkenswerter Anspruch an sich selbst! (Anmerkung des Autors).

Die Voraussetzung für gelingendes Handeln ist für Marc Aurel kosmologisches Wissen. Er schreibt: „Wer nicht weiß, was der Kosmos ist, weiß nicht, wo er ist. Wer nicht weiß, wozu er geschaffen worden ist, weiß nicht, wer er ist, und auch nicht, was der Kosmos ist. Wer aber eins davon nicht erfasst, könnte auch nicht sagen, wozu er da ist." [26]

Marc Aurels Auffassung entspricht der stoischen Philosophie vom zyklischen Werden und Vergehen des Universums. Mit dem Tod im Sinne des fortlaufenden Wandels steht dem Menschen nichts anderes als dem

Kosmos im Ganzen bevor. Man solle immer an diese beiden Dinge denken: Alles sei seit Ewigkeiten gleichartig, alles wiederhole sich in dauerndem Kreislauf und es sei bedeutungslos, ob der Mensch in hundert oder in zweihundert Jahren dasselbe sehe. Weiterhin verliere der am längsten Lebende dasselbe wie der, der früh sterben müsse. Alles, was dem Menschen widerfahre, sei von Ewigkeiten an vorbereitet, die Ursachen seien verflechtet und hätten Sein und Ereignis von Urbeginn miteinander verwoben. Weiterhin ist Marc Aurel der Auffassung, dass Vorsehung die Welt der Götter erfülle. Der Zufall existiere nicht ohne die Natur und ohne die Anbindung an die von Vorsehung geordnete Welt.

Panta rhei – alles fließt - in der Notwendigkeit und dem Nutzen für den gesamten Kosmos, in dem der Mensch ein Teil ist.

Es mag weit hergeholt erscheinen, dass alles, was uns im Leben begegnet, von der Ewigkeit oder dem Universum vorgesehen sei. Aber erinnert es uns nicht an die Unermesslichkeit des Universums gegenüber der Winzigkeit unserer eigenen Person? Auf unserem Planeten ist jeder von uns so groß und unbedeutend wie ein Bruchteil von Sternenstaub. Würden wir uns das relative Verhältnis Universum/Mensch immer wieder vor Augen halten und bedenken, dass wir ein nur winziger Teil des großen Ganzen sind, auch wir könnten unser Leben durch stoische Gelassenheit bereichern.

Die Macht der Gedanken

(Zitate)

„Die Seele hat die Farben deiner Gedanken."

„Unser Leben ist das, wozu unser Denken es macht."

„Meide böse Gedanken, sodass du die Frage „Was denkst du jetzt?" jederzeit direkt beantworten kannst. Befreie dich von unnötigen Dingen, die dich quälen. Sie existieren nämlich nur in deiner Einbildung. [...] Achte auf deine Seele und sei guten Mutes. Denn die Seele bestimmt nicht umsonst über den Körper. Ein beseeltes Leben ist höher als ein unbeseeltes. Ehre deshalb die stärkste aller Kräfte in dir und lebe deshalb mit den Göttern zusammen. Bete nicht darum, dass die Götter etwas für dich tun. Bete vielmehr, dass du deine unnützen Wünsche und Ängste überwinden kannst."

„Das Leben eines Menschen ist das, was seine Gedanken daraus machen."

„Wie die Gedanken sind, die du am häufigsten denkst, ganz so ist auch deine Gesinnung. Denn von den Gedanken wird die Seele gesättigt."

„Blicke oft zu den Sternen empor – als wandelst du mit ihnen. Solche Gedanken reinigen die Seele von dem Schmutz des Erdenlebens."

„Das Glück deines Lebens hängt von der Beschaffenheit deiner Gedanken ab. Unser Leben ist das Produkt unserer Gedanken."

(Quelle: Selbstbetrachtungen, 2019 – Marc Aurel, Wikiquote, 2018 – Selbstbetrachtungen von Marc Aurel, 2019)

Menschlichkeit und Gemeinwohl

Marc Aurel hatte ein feines Gespür für den Umgang mit Menschen. Da ihm Menschenkenntnis und Menschenfreundlichkeit gegeben waren und er die Solidarität mit den Mitmenschen - besonders mit den Schwächeren - als wichtigste Eigenschaft der menschlichen Natur bezeichnete, war er in höchstem Maße befähigt Menschen zu führen.

Als Mensch und Philosoph ist ihm die Vorstellung von einem Staat sympathisch, „in dem alle die gleichen Rechte und Pflichte haben und der im Sinne der Gleichheit und allgemeinen Redefreiheit verwaltet wird" [43] (vgl. Monti E., 2000). Die Freiheit der Bürger sollte in der Monarchie unbedingt geachtet werden.

Um bescheiden zu bleiben und seine Macht als Kaiser nicht auszuspielen, rief sich Marc Aurel immer wieder ins Gedächtnis, dass er nur ein kleines Glied im göttlichen Universum sei. Er versuchte, auch weniger guten Handlungsweisen seiner Mitmenschen gerecht zu werden. Wenn man durch einen Mitmenschen Unrecht erlitten habe, sollte man versuchen, dessen Beweggründe zu erforschen. Sobald man diese verstanden habe, würde der Zorn schwinden und durch Mitleid, Wohlwollen und Verzeihen ersetzt. In diesem Punkt weicht Marc Aurel von der stoischen Lehre ab, die im *Verzeihen* und *Bemitleiden* irrationale Affekte sah, die „dem obersten Lebensziel, der Unerschütterlichkeit, des Gemüts *(ataraxia)*, zuwiderliefen" (vgl. Monti E., 2000).

Für einen Menschen, bei dem Güte so stark ausgeprägt ist wie in Marc Aurels Charakter, sind Empathie, Mitleid und Verzeihenkönnen eine Selbstverständlichkeit. Mitleid, Verzeihen und Wohlwollen fallen umso leichter, je mehr einem bewusst wird, dass man selbst nicht fehlerfrei ist: „Du selbst machst vieles falsch und bist einer von jener Sorte" (vgl. Rosen R., 1997).

Für Marc Aurel gibt es einen Zusammenhang zwischen *menschlicher Gemeinschaft und dem Kosmos,* dem Weltgeist, der Natur. Im Bewusstsein Teil eines so beschaffenen Ganzen zu sein, will er allem, was ihm widerfährt mit Zufriedenheit begegnen. In der Verwandtschaft mit gleichgearteten Teilen will er nichts gegen das Gemeinwohl tun, sondern vielmehr auf seine Verwandten Rücksicht nehmen. Sein ganzes Streben ist darauf gerichtet, dem Wohl und Nutzen der Gemeinschaft zu dienen.

Hegemonikon und Vernunft

Hegemonikon: „spätlat. hegemonicon<griech. hēge-monikón = das leitende Prinzip, zu: hegemonikós, (in der stoischen Philosophie) der herrschende Teil der Seele, die Vernunft" (vgl. Hegemonikon-Universal-Lexikon-DeAcademic, 2019).

Ziel allen philosophischen Strebens ist *ataraxia*, die vollendete Seelenruhe. Nur der leitende Teil der Seele, das Hegemonikon, kann zum Glück der Seelenruhe führen. Das Hegemonikon ist autark, genügt und regu-liert sich selbst. „Der führende Teil der Seele ist der Teil, der sich selbst weckt, sich seine eigene Richtung gibt und sich selbst zu dem macht, was er jeweils will, und der es bewirkt, dass ihm alles, was geschieht, so erscheint, wie er es will" [31] (vgl. Monti E., 2000).

Als Bestandteil der menschlichen Natur und bezogen auf stoische Logik dient die *Vernunft* dem leitenden Seelenteil als Richtschnur und Unterscheidungsmittel. Die Vernunft umfasst nicht allein Verstandesoperatio-nen, sondern auch tugendgesteuertes Handeln. Im Falle eines Irrtums entwertet Marc Aurel seine Handlungen nicht, denn nicht Ausgang oder Ergebnis der jeweiligen Handlung sind aus stoischer Sicht dafür entscheidend, sondern die vernunftgeprüfte Vorprüfung und die tugendhafte Absicht. Marc Aurel mahnt, auf die Fähig-keit zu achten die Dinge ins Bewusstsein aufzunehmen, damit in der leitenden Vernunft keine Auffassung mehr entsteht, die der Natur und der Beschaffenheit des ver-nunftbegabten Lebewesens nicht entspricht.

Nach dem Prinzip keine Handlungen ohne Überlegung und keine anders als nach den vollendeten Grundsätzen der Lebenskunst geschehen zu lassen, bemühte sich Marc Aurel ein Leben lang die stoische   Philosophie in die Tat umzusetzen.

Güte und Tugenden

„Dein Beruf soll sein: gut zu sein.

Fang endlich an, Mensch zu sein, solange du lebst."

(vgl. Selbstbetrachtungen von Marc Aurel, 2019)

Gutes zu tun und besonnen seiner Bestimmung zu folgen waren Marc Aurels Ziele. Man braucht nicht das Leben eines Einsiedlers zu führen, um gut zu sein. Wo der Mensch leben kann, ist es überall möglich gut zu sein. Nach Marc Aurels Auffassung geht es nicht darum, über das Gute zu diskutieren, sondern es selbst zu leben.

Im Folgenden finden sich Zitate von Marc Aurel.

„Das Schlechte, das andere tun, soll dich nicht davon abhalten, selbst Gutes zu vollbringen. Deinen Feinden sollst du nicht zürnen. Versuche, die Menschen gütlich zu überreden. Wenn jemand dir Leid zufügt, dann verzeihe ihm und sei milde. [...] Heuchelei zahlt sich nicht aus: Wer gut und offen ist, dem sieht man es unverkennbar an. Und wenn die Güte echt ist, dann ist sie unbesiegbar. [...]" (vgl. Selbstbetrachtungen von Marc Aurel, 2019)

„Glücklich sein heißt einen guten Genius haben oder gut sein." (vgl. Marc Aurel, Wikiquote, 2018)

„Scheide in Güte aus der Welt, denn auch der, der dich abberuft, ist gütig." (vgl. Selbstbetrachtungen von Marc Aurel, 2019)

„Lauterkeit, Güte und Würde sind keine Frage der Begabung, sondern für jeden erreichbar. Mach aber kein Aufheben um deine guten Taten, schiele nicht auf den Dank der Menschen oder auf ihre Vorteile." (Vgl. Selbstbetrachtungen von Marc Aurel, 2019)

„Wenn du dich freuen willst, dann denk an die Vorzüge deiner Mitmenschen. Das ist z.B. bei dem einen die Tatkraft, bei dem anderen die Zurückhaltung, bei dem nächsten die Freigiebigkeit, bei einem anderen noch etwas anderes. Denn nichts macht so viel Freude, wie die Erscheinungsformen der Tugenden, die in den Charakteren unserer Mitmenschen sichtbar werden und – soweit möglich – in großer Zahl zusammentreffen." (vgl. Monti E. 2000)

Auf der Bühne der Weltgeschichte gab es selten Persönlichkeiten, zu deren herausragenden charakterlichen Tugenden Pflichtbewusstsein, Bescheidenheit, Güte, Gerechtigkeit, Besonnenheit, Barmherzigkeit, Friedfertigkeit und Menschlichkeit zählen.

Dies belegen Marc Aurels Gedanken, wenn er schreibt: „Ersinne Eigenschaften, denen du nachstrebst wie „gut," „sittsam" oder „hochsinnig." Wenn du diesen Tugenden Ehre machst, wirst du ein neuer Mensch sein und ein neues Leben anfangen. [...] Das einzige Lebensziel besteht darin, sein Leben ehrlich und gerecht zu Ende zu führen, in freiwilligem Einklang mit dem Los, das einem beschieden wurde." (vgl. Selbstbetrachtungen von Marc Aurel, 2019)

Marc Aurels Einstellung zum Schicksal stimmt mit der stoischen Philosophie überein: sich als Teil des Ganzen verstehend nimmt er das Schicksal bedingungslos an. Hierin unterscheidet er sich von Seneca, der das Schicksal durch Tugendhaftigkeit besiegen will. Marc Aurel grenzt sich jedoch von den Stoikern ab, indem er Mitleid und Verzeihen als menschlich wesentlichen Wert ansieht und lebt.

Tod und Leben

Wie für alle Stoiker hat der Tod für Marc Aurel nichts Bedrohliches. Er erinnert ihn vielmehr an die Müßigkeit weltlicher Bestrebungen und ist Ansporn für richtiges Handeln: „Tu nicht, als wenn du Tausende von Jahren zu leben hättest. Der Tod schwebt über deinem Haupte. So lange du noch lebst, so lange du noch kannst, sei ein rechtschaffener Mensch." (vgl. Marc Aurel, Wikiquote, 2018)

„Lebe in der Gegenwart, aber denke an deinen Tod. Dein Schicksal hängt schon über dir, also tue alles, als ob es deine letzte Aufgabe wäre. Beeile dich, das Leben zu begreifen, und verbringe jeden Tag als deinen letzten. Das zukünftige und vergangene Leben kann niemandem geraubt werden, also kommt es gar nicht darauf an, wieviel Lebenszeit dir noch zur Verfügung steht; es zählt nur der Moment. […] Dein Leben ist winziger Bruchteil des Weltenschicksals. Lebe so, wie du gelebt haben möchtest, wenn du schon tot wärst. Der lumpige Rest, der dir zu leben bleibt, ist nur noch Zugabe. Tue niemandem etwas Arges. Freue dich am Tod, weil die Natur ihn will."
(vgl. Selbstbetrachtungen von Marc Aurel, 2019)

Marc Aurel schreibt: „Der Tod ist so wie die Geburt ein Geheimnis der Natur; hier Verbindung aus denselben Elementen, dort Auflösung in dieselben (4,5)." (vgl. Rosen K. 1997)

Sterben ist ein natürlicher Vorgang,

„alles ist vergänglich, nichts von Dauer,

ewiges Werden und Vergehen." (vgl. Maier B. 1984)

Aphorismen von Marc Aurel

Man muss erst so manches gelernt haben, ehe man über die Handlungsweise eines anderen richtig urteilen kann.

Die beste Art sich an jemandem zu rächen, ist, es ihm nicht gleich zu tun.

Die Fähigkeit glücklich zu leben, kommt aus einer Kraft, die der Seele innewohnt.

Sei wie ein Fels, an dem sich beständig die Wellen brechen! Er bleibt stehen, während sich rings um ihn die angeschwollenen Gewässer legen.

Verzweiflung befällt zwangsläufig die, deren Seele aus dem Gleichgewicht ist.

Was immer dir widerfahren mag, seit ewig war es dir bestimmt.

Liebe das, was dir widerfährt und zugemessen ist; denn was könnte dir angemessener sein.

Durchschaue ihre Seelen und achte darauf, nach welchen Dingen die Klugen trachten und welche Dinge sie machen.

Vergiss nicht, man benötigt nur wenig, um ein glückliches Leben zu führen.

Wenn du besonders ärgerlich und wütend bist, erinnere dich, dass das Leben nur einen Augenblick währt.

Erinnere dich, dass alles nur Meinung ist und dass es in deiner Macht steht zu meinen, was du willst.

Es steht dir frei, zu jeder Stunde dich auf dich selbst zurückzuziehen. Gönne dir das recht oft, dieses Zurücktreten ins Innere und verjünge so dich selbst.

Wenn du am Morgen erwachst, denke daran, was für ein köstlicher Schatz es ist, zu leben, zu atmen und sich freuen zu können.

Dauernd bedenken, wie alle solche Ereignisse, wie sie jetzt geschehen, auch früher geschahen, und bedenken, dass sie auch ferner geschehen werden.

Wo kein Urteil ist, da ist kein Schmerz.

Die ganze gegenwärtige Zeit ist ein Punkt der Ewigkeit.

Alles, was etwas Gemeinsames hat, strebt zum Verwandten.

Der Mensch, der in sich selbst ruht, wird von äußeren Dingen nicht beeinflusst.

Betrachte die ganze Natur, wovon du nur ein winziges Stücklein bist, und das ganze Zeitmaß, von welchem nur ein kurzer und kleiner Abschnitt dir zugewiesen ist, und das Schicksal, wovon das deinige nur einen Bruchteil bildet.

Lass die Einbildung schwinden, und es schwindet die Klage, dass man dir Böses getan.

Du musst doch endlich einmal begreifen, was das für ein Kosmos ist, von dem du ein Teil bist, und wer der Gestalter der Welt ist, als dessen Ausstrahlung du ins Leben tratst! Dass dir nur eine engbegrenzte Spanne Zeit vergönnt ist; nutzt du sie nicht zur Erleuchtung deiner Seele, dann wird sie eines Tages verstrichen sein und du selbst dahin, und eine zweite Möglichkeit wird dir nicht gegeben werden.

Aphorismen deutsch-griechisch

Εθιζε καὶ ὅσα ἀττοϓινώσκεις

Übe dich auch in den Dingen,
an denen du verzweifelst.

Ἀδικεῖ πολλάκις ὁμή ποιῶν τι,
οὐ μόνον ὁ ποιῶν τι.

Oft begeht der ein Unrecht, der eine Handlung unterlässt, nicht nur der, der etwas tut.

Τοῦτο ἔχει ἡ τελειότης τοῦ ἤδους,
τὸ πᾶσαν ἡμέραν
ὡς τελενταίαν διεξάϓειν.

Das macht den vollendeten Charakter aus:
Jeden Tag so leben, als wäre es der letzte.

Ἄριστος τρόττος τοῦ ἀμύνεσθαι τὸ μὴ ἐξομοιοῦσθαι.

Die beste Art sich zu rächen, ist, nicht Gleiches mit Gleichem zu vergelten.

(vgl. Schuhmann E., 1985)

Aphorismen deutsch-lateinisch

Natura cuiusque rei rationem habet, non minus, quod ad eius finem attinet, quam ad ortum eius et transitum , ad instar eius, qui pilam emittit.

Die Natur hat ebenso das Ende eines jeden Dinges zum Ziel wie seinen Anfang oder seine Fortsetzung, gleichsam wie der, der einen Ball auswirft.

Cucumis amarus: mitte! Vepres in via: declina! Sufficit. Noli haec verba addere:"Quare quaeso haec quoque in mundo sunt?"

Eine bittere Gurke? Wirf sie weg! Dornensträucher im Weg? Weiche ihnen aus! Das ist alles. Frage nicht noch: Wozu gibt es solche Dinge in der Welt?"

Nihil cuiquam accidit, ad quod ferendum natura non sit comparatus.

Nichts begegnet einem, was er von Natur nicht zu ertragen vermag.

(vgl. Schuhmann E., 1985)

Marc Aurel als Vorbild von Kaiser Hadrian bis Altkanzler Helmut Schmidt

Der französische Schriftsteller und Historiker *Ernest Renan* freute sich über die Rettung des Kästchens, in dem die am Ufer des Gran und in Carnuntum niedergeschriebenen Gedanken verborgen waren. Gemeint sind Marc Aurels Aufzeichnungen, die in der zweiten Hälfte des 16. Jahrhunderts in einer ersten gedruckten Ausgabe erschienen. Seitdem hat das Werk - das in alle modernen Sprachen übersetzt ist – hohe Wertschätzung und Vorbildcharakter erlangt.

Zu seinen Anhängern zählen Kaiser Hadrian im 2. Jahrhundert n. Chr. über Friedrich den Großen (1800) bis hin zu Altkanzler Helmut Schmidt im 21. Jahrhundert.

Für Helmut Schmidt bedeutete Marc Aurels Werk „Selbstbetrachtungen", das er zur Konfirmation von seinem Onkel bekam und im zweiten Weltkrieg in seinem Marschgepäck mitführte, eine wesentliche persönliche Orientierungshilfe. Die philosophischen Ermahnungen waren Helmut Schmidt selbstverständlich geworden, innere Gelassenheit und vorbildliche Pflichterfüllung standen ihm immer vor Augen.

Blaue Stunde

In der Dämmerung, vor Eintritt der nächtlichen Dunkelheit, befindet sich die Sonne ca. 4 – 8 Grad unterhalb des Horizonts. Diese eigentümliche Färbung des Himmels wird *Blaue Stunde* genannt. Der Begriff wurde vor allem von Schriftstellern und Dichtern geprägt, die ihn meist mit melancholischen Gefühlen verbinden. Durch eine besondere spektrale Zusammensetzung entsteht dieselbe Färbung des Himmels auch in der Morgendämmerung, was aber seltener als *Blaue Stunde* bezeichnet wird. Der Begriff *Blaue Stunde* findet Bedeutung in der Musik, in der Literatur und der Fotografie.

Die Farbe Blau

Goethe hatte in seiner *Farbenlehre* vermerkt, dass Blau besonders ist und in der Natur seltener vorkommt als andere Farben.

Wassily Kandinsky, einer der Gründer der Künstlergruppe *Der Blaue Reiter* schrieb:

„Je tiefer das Blau wird, desto mehr ruft es den Menschen in das Unendliche, weckt in ihm die Sehnsucht nach Reinem und schließlich Übersinnlichem."

Der amerikanische Dichte **Archibald Mc Leish** schrieb nach der ersten *Apollo Mond Mission*:

„Die Erde zu sehen, wie sie wirklich ist, klein, und blau und schön in dieser ewigen Stille."

Blaue Stunde

[...] Du bist so weich, du gibst von etwas Kunde,

von einem Glück aus Sinken und Gefahr

in einer blauen, dunkelblauen Stunde

und wenn sie ging, weiß keiner ob sie war [...]

Gottfried Benn

Literaturverzeichnis

Capelle Wilhelm (Übers.), Selbstbetrachtungen, 13. Auflage, Stuttgart 2001

Cortassa Guido, Il filosofo, i libri, i memoria. Poeti e filosofi nei Pensieri di Marco Aurelio. Tirrenia Strampatori, Turin 1989

Dalfen Joachim, Formgeschichtliche Untersuchungen zu den Selbstbetrachtungen Marc Aurels, Bonn 1967

Glossary of Stoicism terms – Wikipedia, https://en.wikipedia.org>wiki, Stand 01.01.2020

Hadot Pierre, Die innere Burg. Anleitung zu einer Lektüre Marc Aurels, Eichborn, Frankfurt a. M. 1997

Kasulke Christoph Tobias, Fronto, Marc Aurel und kein Konflikt zwischen Philosophie und Rhetorik im 2. Jh. n. Chr., Saur, München, Leipzig 2005

Hegemonikon- Universal-Lexikon-DeAcademic,https://universal_lexikon.deacademic.com, Stand 08.11.2019

Maier Barbara, Philosophie und römisches Kaisertum. Studien zu ihren wechselseitigen Beziehungen in der Zeit von Caesar bis Marc Aurel, Wien 1984

Marc Aurel, Selbstbetrachtungen.In: Des Kaisers Marcus Aurelius Selbstbetrachtungen, übers. v. Albert Wittstock, Verlag Philipp Reclam jun. 1949

MarkAurel-Wikiquote,https://de.wikiquote.org>wiki>Mark_Aurel, Stand 19.10.2018

Monti Enrico,Marc Aurel, Kaiser aus Pflicht, Regensburg 2000

Nickel Rainer (Übers. u. Hrsg.), Marc Aurel: Selbstbetrachtungen. Marku Antoninu Autokratoros ta eis eauton. Griechisch und Deutsch. Sammlung Tusculum. 2. Auflage, Mannheim 2010

Rosen Klaus,Marc Aurel, Hamburg 1997

Rutherford Richard B., The meditations of Marcus Aurelius. A study, Oxford 1989

Schipp Oliver, Die Adoptivkaiser, Darmstadt 2011

Schuhmann Elisabeth (Hrsg.), Lebensweisheiten der Griechen und Römer, Leipzig 1985

Selbstbetrachtungen-Wikipedia, https://de.wikipedia.org>wiki>Selbstbetrachtungen Stand 24.12.2019

Selbstbetrachtungen von Marc Aurel, https://ww.getabstract.com/de/zusammenfassung/selbstbetrachtung, Stand 28.11.2019

Wittstock Albert (Übers.), Marc Aurel: Selbstbetrachtungen, Stuttgart 1949

Zeitfracht Medien GmbH
Ferdinand-Jühlke-Straße 7
99095 Erfurt, Deutschland
produktsicherheit@kolibri360.de